我爱上了这热土上顽强的生长

时光的背影

李旭 著

四川文艺出版社

序

中国作家协会副主席、书记处书记 吉狄马加

从发展角度看，诗是衡量社会良心的标杆，诗经、楚辞、汉赋、唐诗、宋词……无不印证了这一点，它们与时代休戚与共，以其独特的艺术品质和深厚的精神力量，缔造了中华民族璀璨夺目的历史瑰宝。而身处社会主义文艺事业蓬勃发展的新时期，如何调动文艺创作者的积极性，如何用手中的笔记录下我们的现实生活，进而在新时代发挥更大的作用，成为我们每一位文艺工作者亟待思考的问题，同样也是当下任何一个有责任感和使命意识的诗人，必须用自己的创作实践去回答的问题。

《时光的背影》是李旭同志即将付梓的一本诗集，诗集记录了诗人在追求缪斯道路上留下的心路历程，其间掺杂着青春、爱情、亲情及友情的追忆，尤其是沧桑过后的顿悟，令人感同身受。难能可贵的是，作为业余创作者，诗人三十年来始终不忘初心，凭借满腔热爱浇筑着一首首浓缩着炙热情怀的诗歌。或许在技艺上仍存在不足之处，但瑕不掩瑜，我们需要这样的文艺创作者以诗为史，忠实记录当下社会发展现状，为社会主义文化事业绘制更多的参考蓝本。

我以为任何个体生命对现实的体验，只要它能与更广阔的人类精神的本质融合在一起，它就一定会产生广泛的共鸣，今天的诗歌尤其需要在个体的生命体验中，体现出更为普遍的人类所关注的情感和思考。

语言质朴是李旭诗集一大特点，游走于历史，但又不囿于历史本身。在《西夏王陵》我们看到：

暮色苍茫中
一座座荒凉的土堆
是千年的黄沙掩埋了蒙古大军的血腥
是千年的长风
吹灭了西夏文明的神灯
是千年的冷月
映照着这个远去的民族

我深信，写作者的创作成就与其精神境界密不可分，当金戈铁马不再嘶鸣，当落日长烟不再浩渺，暮色四合留给诗人以冰冷、荒凉、落寞的遐想空间，轰然倒塌的文明仅剩“一座座荒凉的土堆”拱卫着昔日辉煌。某种程度而言，研究历史就是收复历史，李旭在西夏王陵遗址前完成一次肉体与灵魂的对话，这样的对话带着拷问，作为见证者，

我们只知道
一次次神秘的祭祀后
我们的先祖留下了一种
强烈的宗教情怀
一大批魅力四射的艺术珍品
还有一个
灵魂不死的传说
——《三星堆随想曲》

抛开宏观历史，作者还有意将视角伸向日常生活，从波澜不惊的日子里摄取诗歌内核。

有一种享受
就是躺在地板上
像条死蛇
偶尔背对着天花板
是不想看见那只讨厌的蜘蛛

在锲而不舍地

织网

——《懒人》

此处“织网”者又何尝不是作茧自缚？诗人将现实境遇与理想境遇合二为一，而题目之“懒”不过是对此的一种无奈唱和，这正说明人的精神主体和现实存在之间的复杂关系，由此可以看出诗歌给我们提供的不仅仅是生活表象的东西，而应该是对一种生命状态的更真实的呈现，或许这就是诗歌不同于别的艺术形式，能给我们带来抽象以及直抵事物核心方面不同凡响的地方。

整本诗集题材丰饶、意象迭出，体现了李旭同志对人生风雨的透彻感悟，和洞穿喧嚣与浮华之后的宁静与豁达，在急遽变化的时代面前，这样一份执着坚守尤为重要，它是诗人安身立命的本心，唯其才得文字真谛，彰显厚重人文力量。

是为序。

2017年12月19日

目录

contents

第一章 诗的广告

第二章 守望麦田

第三章　流金岁月

第四章　自由鸟

第五章 旅行

第六章 巴黎·冬日的素描

第七章 浣花惊鸟

第八章 千禧年

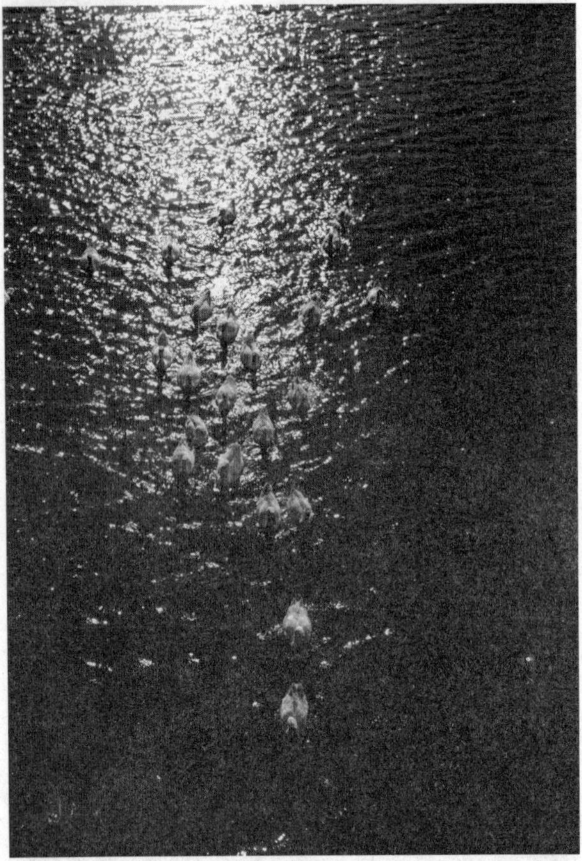

第九章 岁月

第一章　诗的广告

能读懂忧伤的眼神
会在乎眉头的紧锁

诗的广告

总会有些时候
你我都很落寞
忧愁它缠绕着你
也缠绕着我
于是
就想有条老狗
能读懂忧伤的眼神
会在乎眉头的紧锁

总会有些时候

你我彻底软弱

于是

就想有一个坚硬的壳

能让你我

如蜗牛般地蜷缩

总会有些时候

千万颗心，彼此孤独

于是

就幻想

有一支长长的神箭

能洞穿所有的心脏

又不会血流成河

总会有些时候

没有老狗，没有坚壳

神箭也没有着落

那就

请来消磨时光

读我的诗歌

冷　笑

当你豪华的大奔
掠过久别的同学
那人行道上
骑着破旧的单车
不经意间冷笑的同学
你别按上车窗
也别刻意刹车
因为
他在冷笑

四十岁的男人

只有拿起话筒
你才知道
四十岁的男人有多老
只有失去话语权
你才知道
什么是彻彻底底的边缘
在“双节棍”的世界
四十岁已经超龄
不要相信
酒会使你年轻

不要相信
年龄会使你成为中心
如果你还想
保留一点点自信心
那就只好离麦克风远些
再远些

孤　独

孤独是情侣双双的黄昏
没有恋人
孤独是心事重重的梦中
没有读者
孤独是异国他乡的游子
空空的行囊
孤独是盼儿归来的老人
期待的目光

小时候

孤独是宣泄的号哭

长大后

孤独是无奈的沉默

最后吧

孤独是亲朋如云的葬礼后

你孤零零地

上路

沉　默

即使如凤凰般的涅槃
俗念在神的火焰中
化为尘埃
随风而逝
纵然爱意如原子般裂变
在这多舛的人生中
也不过
如闪电嘲弄夜晚
灿烂　短暂
我还能奢求什么呢

在这多灾多难的世界上

我只有沉默

并沉默着

悲　哀

人生最大的悲哀

莫过于

悲哀总是

不断制造出

悲哀的依据

伤

—— 致刘海若*

有一种美丽

像清风吹过树林

有一种优雅

像天鹅划过湖水

有一颗善心

像晶莹透明的冰凌

*注：刘海若，前凤凰卫视女主播，在英国旅游时遇上火车出轨意外而重伤昏迷，一度被英国医生诊断为脑死，后来转往北京治疗，在昏迷两个多月后苏醒，被全球医界视为奇迹。

有一个噩梦

是突然降临

有千百个祈祷

在哀伤的心里

有一个希望

在梦醒时分

绝　望

如果每一次收获
都是意外的插曲
如果每一次失去
都会有难料的结局
那么
绝望是否就有了
新的定义

第二章 守望麦田

每当我看到金色的麦田

就想起金色的少年

阿婆的青瓦房

密密麻麻的雨线
在阿婆的青瓦上
尽情地撒欢
敲击着少年
多梦的夏天
那丰沛的雨量
多么像
少年丰富的情感
那雨后的青瓦
多么像

少年的心灵
一尘不染

密密麻麻的雨线
在紫红色的幕墙上
尽情地撒欢
敲击着鱼尾纹无眠的夜晚
墙外的雨还是那么年轻
那墙内的人
早已不是少年

密密麻麻的雨线

一年又一年

阿婆的青瓦房

早已成了碎片

只有执着的雨网

还在打捞失落的梦幻

只有执拗的泪水

还在温暖我的双眼

弃　花

在紫云英的田里

有几株瘦弱的油菜

这被遗弃的种子　开出了

被遗弃的花朵

在春风中

笑　淡淡的

午夜蜡梅

轿车在浓雾中爬行
摩托在浓雾中飞奔
载着清香的蜡梅
他们是赶凌晨的早市
为爱花的人们
送去鲜花
如勤劳而终的蚂蚁

轿车终于回家

浓雾悄然入梦

梦中

引路的不只是微弱的灯光

还有

蜡梅的清香

篱　笆

我喜欢乡村的篱笆
我喜欢篱笆上开满鲜花
我喜欢红色的蜻蜓
标本似的叮在
夕阳的余晖下
在这样的时刻
正好把面具摘下
让自作多情的心
放假

雨　巷

雨

点点滴滴

消失在青石板的夹缝里

时光

躲进雨巷

裹着缀满记忆的外衣

守望麦田

每当我看到金色的麦田
就想起金色的少年
每当我见到赤热的沙漠
就想起日正当午的麦田
英雄般的少年
正在挥镰
还有一条小河
躺在河边的少年
早已极度疲倦
伸一根长长的麦秆

到盛满清水的瓷碗

拿一把廉价的口琴

吹一曲

《莫斯科郊外的夜晚》

每当我看到金色的麦田

就想起金色的少年

第二章 流金岁月

二十年的岁月已经入画

二十年的梦境已经随烟

阿　婆

你终于化作一缕青烟
告别了多病的风烛残年
我没有眼泪
没有哭泣
只有一生的思念

后来的岁月
很少属于思念
只是
在寒冷的冬季

在多雨的夜晚

在灵魂绝望的时候

才想起阿婆

想她会把我

伤痕累累的心

缝缝补补

女同学的晒衣线

女同学的晒衣线
挂满了女同学的青春
挂满了男同学的梦幻
女同学的晒衣线
挂满了沉甸甸的岁月
挂满了沉甸甸的感叹
女同学的晒衣线
一头在清晨　一头在傍晚
上面可有你的衣衫
上面可有你的思念
女同学的晒衣线
一头在天涯　一头在校园

流金岁月

流金岁月的记忆
金色年华的往事
停电时的惊喜
不期而遇

停电后的校园
神秘而美丽
埋头于书的同学
变成了鱼贯而出的剪影
停电后的心情
美妙而安宁

同学·校庆

给你一张黄手绢
你是否还会
回应
远山的呼唤
给你一把六弦琴
是否还有人
陪你
从血色黄昏
到静悄悄的黎明

二十年的岁月已经入画

二十年的梦境已经随烟

二十年的老酒也该出窖了吧

在一半是海水

一半是火焰的年龄

我们相聚

相聚在陌生的校园里

岁月说

不要缺席

缺席后就得

再过二十年

再过二十年

再过二十年

……

沙 漠

有人说
他的老脸很中国
五千年的沧桑都写在他的脸上
看来
我的光头只好很沙漠
四千多万公里的荒凉
都印在我的头上
我用这荒凉的脑袋思考
想把那逃荒的道路寻找
结果徒劳

后来

沙漠中来了一位女子

她用清泉般的笔调

开出了一张张迷人的支票

我这沙漠一样的脑袋

也被她的海市蜃楼迷倒

于是

我的心中有了一个女神

一个永远的三毛

拳王的儿子

不要打我的左脸
不要打我的右脸
我不是基督
我是拳王的儿子
当老爸轰然倒地的时候
我正从母腹中
痛苦地降临
不要急着报数
我还要在摇篮中
躺很长时间

我是拳王的儿子
血液中早已布满
暴雨般的拳点
我是拳王的儿子
天生就要品味
搏击的美感
我是拳王的儿子
但是
我不想打拳

金融家

即使沦为乞丐

也要

在讨饭的破碗边

贴上

“长期借款　年息百分之零”

快与慢

员工：“周末啊！为什么来得如此之慢。”

老板：“月末啊！为什么来得如此之快。”

再见吧，朋友

让最后一缕乡愁
消散在喷气机的尾流
让最后一滴眼泪
流进圣母无底的杯中
再见吧，朋友
我的忧伤已经陈旧
我心灵的诗人已经退休

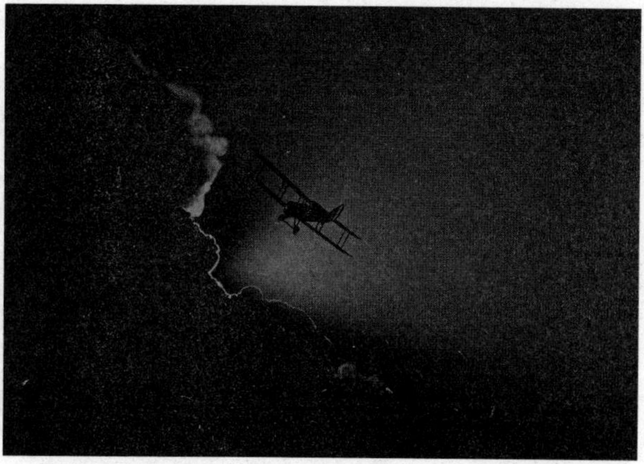

男 人

男人是座冰山
耀眼于水面的是财富
深埋于水下的是智慧
还有比水更轻盈的
是脆弱的内心
女人是水
男人是冰

请前妻吃饭

心情特别差的傍晚
打个电话
请前妻吃饭
点一份怀旧的菜饭
再等待那张
秋叶一般的笑脸

心情特别好的傍晚

打个电话

请前妻吃饭

点根紫色的蜡烛

再复习一遍

那张始终没有读懂的红颜

心情特别无聊的圣诞

寄一张明信片

画一个大大的问号

写一句小小的格言

女　儿

女儿是这样的角色

婚前

执着地

将对男友的感情

从地下

转入地上

婚后

又巧妙地

将对父亲的感情

从地上

转入地下

很累

温　馨

——一个朋友的口述

如果你半夜醒来
感到温馨
那是因为
摇篮中
小女儿细细的鼾声

如果你半夜醒来
感到温馨
那是因为
天亮后亭亭玉立的女儿
将要走进
名校的大门

如果你半夜醒来
感到温馨
那是因为
录音电话说
明天小外孙
将来串外婆的家门

如果你半夜醒来
感到温馨
那是因为
小外孙与她母亲
一模一样的鼾声

曾经有一份情感

曾经有一份真挚的情感
留在繁星满天的童年
星星眨着诡眼
童年在深度睡眠

曾经有一份真挚的情感
来自遥远的唐古拉山
雪水上漂着白鹅
白鹅跟着牧鹅的少年

曾经有一份真挚的情感
在乱石穿空的河床
惊涛拍岸
岸上没有阿娇的身影
岸上只有一个悲伤的青年

曾经有一份真挚的情感
在泥沙俱下的河口沉淀
死亡的大海已越来越近
复活的太阳还在乌云里面

曾经有一份真挚的情感
曾经有一次忘却的纪念

第四章 自由鸟

白马轻轻走过

走进月光的故里

我爱大自然

白云绕青山
绿水映蓝天
万顷微波中
着我轻舟一叶
群山绵绵
奇树万千
阳光明媚
树影斑斑
飞鸟联翩
穿明过暗

更有山峦起伏处
一幢古楼上云端
倒影入水
镜湖含丹
万绿丛中红一点
影随波动

时隐时现
海市蜃楼出于湖间
荷叶撑伞
莲花相伴
碧波荡漾
娇花颤颤
弱柳吻水面

温顺玉波间

画舫穿柳过

轻叶抚人面

又有暖风送蝉鸣

袅袅催人眠

轻轻唱一曲

我爱大自然

自由鸟

我

像风一样自由

像鸟一样孤独

在风中

随波逐流

等待

生命的永生

曾经有一首古老的

颂歌

是关于大地和风的传说
曾经有一个美丽的童话
是关于鸟、风和我
在风中
慢慢地睡着

鹰和蜂

鹰　三月平坝的鹰

一个黑色的精灵

缓缓地滑过

丽日下耀眼的金黄

蜂在花丛中陶醉

鹰　闭上了厌倦的眼睛

猴子、月亮和猪

一头猪，一只猴子

一只猴子，一头猪

猪对猴子说

猴子对猪说

月亮，发光的月亮

月亮，反光的月亮

在最亮的时候

登　山

在山脚相遇的
都是朋友
在山腰相伴的
都是战友
我们在风雪弥漫的山顶相会
你已不再是你
我也不再是我
登山
上去的是英雄
下来的是圣徒

海岸线

赤脚走在粗砺的海滩

左边是踏实

右边是浪漫

浪漫的从这里下海

踏实的从这里上岸

我

赤脚走在长长的海岸线

草原·印象

白云在蓝天睡去
阳光忘记了归期
白马轻轻走过
走进月光的故里

交　流

沉默的天空
与喧嚣的大海
用电闪雷鸣
用绵绵细雨
用灿烂的阳光
交流着
父与子
深深的情感
在那遥远的地平线
海天相连

第五章　旅行

海潮在欢腾中退去

夕阳在殷红中再见

旅　行

他乡是梦中的情人

故乡是黄脸的老婆

于是

满怀兴奋地出门

又归心似箭地回家

不出去了吗

好像不会

望夫石

因为苦苦的挽留
生命仿佛已走到尽头
那流泪的眼
和流血的心
都挡不住脚步的反叛
望夫石上的女子
你知道吗
你眺望背影的眼神
有多痛苦
圣母看你的样子
就有多伤心
下来吧　喝杯老酒

泸沽湖

沉默的天空
沉默着亮丽的白云
沉睡的湖面
沉睡着古老的猪槽船
载不动
是沉甸甸的期望
风尘之后
有残缺的梦
与湛蓝的湖水
轻声对话

吐鲁番

没有火焰的火焰山
葡萄成荫的戈壁滩
载歌载舞的维吾尔族
血液里涌动着
坎儿井的清泉
生命与水的恋情
在这里
最深最远

蒸汽火车

久违了

如履轻波的摇晃

久违了

钢铁与钢铁的碰撞

当轰隆隆的韵律

碾过黄昏与黎明

你是否找回了

远去的时光

抱歉沙湖

——沙湖*，沙漠中最美丽的眼睛

曾经是那样清澈的湖水

在心底荡漾

曾经是那样恭顺的芦苇

在默默守望

曾经是那样温柔的沙漠

在足底按摩

如此亲密的接触

我却写不出一句诗歌

*注：沙湖位于宁夏银川，沙中有湖，湖中有沙，很美。

抱歉　沙湖

我不知道为什么

给我一点时间

让我老去

给我一点空间

让我远离

给我一个高度吧

让我在万里无云的天空

把沙漠中这只

最美丽的眼睛

深情地凝望

椰林 · 太阳

羞涩的朝阳
在椰林的柔波中
轻盈地跳荡
追逐着
我风驰而过的车窗
追逐着
我期待的目光

当椰风海韵的童话

湮没于滚滚而来的人潮

湮没于梦想撞车的地方

蓦然回首

天空中一轮如血的残阳

离　散

蒲公英在微笑中飘散
白帆在梦幻中离岸
海潮在欢腾中退去
夕阳在殷红中再见

冬天的哲学

寒冬让瀑布

学会了沉默

阳光让覆冰

越来越薄

万木脱去了华丽的外套

在冬日的暖阳中

享受生活

水已不往低处流了

人又何必往高处挪

爱情三部曲

之一·爱在旅途

爱是来来往往的风
在流浪的心中飘浮
她可能是风中无声的哭泣
也可能是风外电闪雷鸣的嘲弄

之二·爱的家园（抄录）

爱在理想里

爱在传说中

爱在生来就有诗意的人们的心目中

之三·爱的年龄（抄录）

爱是艺术题材中

老得不能再老的主题

但是　老而不死

真是个老不死的东西

第六章 巴黎·冬日的素描

这银装素裹的美景

正与凝视她的目光相遇

卢森堡大峡谷

如此小的国土
也要撕开如此大的裂口
难怪
无论多么脆弱的心灵
也难免毁灭性的打击
据说
从峡谷上跳下去
都是先爽后死

巴黎·冬日的素描

冬日抹去了巴黎的色彩
假日疏散了都市的人潮
几百年来
灰白石打造的城市
依然美丽
因为怀旧的情调

我从五千年的东方走来
没有带来怀旧的爱好
我飞越万水千山

不只是为了一张

冬日古旧的素描

我的到来

是想兑现一张

儿时的期票

它记载着

一个东方少年的梦想

和法兰西的骄傲

于是

我跟着导游的屁股

东奔西跑

始终没找到满意的票号……

寒风中的塞纳河啊

在年复一年地流

圣母院的钟声

也在年复一年地敲

巴黎的美丽

却在一年又一年地老

不知道

是你在隐藏

还是我太浮躁

传说中

鲜活美艳的巴黎

为什么

我满眼都是

冬日古旧的素描

阿尔卑斯山的白雪

没有艰难的攀登
更没有流血和伤心
阿尔卑斯山顶的白雪
就在我的车窗外纷飞
这银装素裹的美景
正与凝视她的目光相遇
还是筑路打洞吧
不要千百万人攀登

撒尿童

一个陌生的城市
偏又在黑夜中经过
那高速路上的火龙
昭示着这是一个
大气的国度
据说
布鲁塞尔的幸存
是因为一个撒尿的小童

但愿

今夜的抽水桶不要太忙

因为

每个人都有做救世主的

冲动

感受德国

如果你是龙的传人
无论你像流星般划过
还是如盲人般摸象
无论你是用中国的水墨写意
还是用西洋的雕刀细刻
普鲁士人的风格
都会撞击你的心灵
回味悠长

萨尔茨堡的河水

轻轻地
走过
萨尔茨堡的河水
没有从容地停留
因为快餐式的旅行
再见吧
那份清澈与宁静
再见吧
那份美丽与圣洁
再见了莫扎特的河水

如今

我已在万里之外

对河水的怀念

有如窖藏的老酒

愈久愈醇

愈远愈贵

每当我心灵的河床

干涸的时候

我细如游丝的思念

就怅然而起

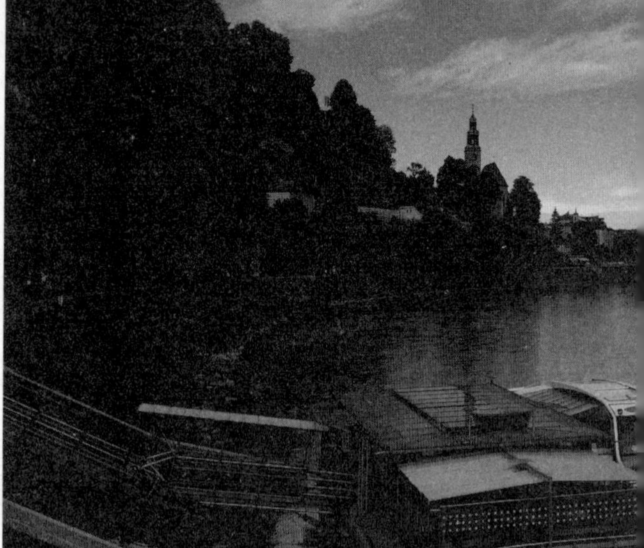

美泉宫

你有那么多不祥的故事

我真不想在你的面前留影

当我拾阶而上

你又远远地

美得无法抗拒

那就

咔嚓咔嚓吧

在美丽的公主身后

总是有巫婆的影子

叹息桥

叹息桥边
一声叹息
是为左边的总督
也为右边的犯人
这囚禁与被囚禁
杀戮与被杀戮
居然互为邻里
那赤裸裸的残忍
不用丝毫的掩饰

也许

最好的掩饰

是岁月的流逝

看吧

总督府已变成了咖啡屋

叹息桥也成了风景线

叹息桥边

无人叹息

HOTEL
VIOLINO
D'ORO

威尼斯水城

古老的水道
沉淀着湿漉漉的历史
弯弯的小船
满载着浓浓的亲情
和淡淡的友好
在圣马可的广场上
纷飞的鸽群
和漫步的我
在金碧辉煌的夕阳中
留照

她其实是一个小岛

一个古旧的小岛

是海风　是阳光

是浓浓的咖啡

还是莎翁的故事

用威尼斯的名字

为天下水城

注册商标

圣彼得大教堂

古典建筑的极品
精湛绝伦
无限的空间
足以容纳
普天之下
一切谦卑的灵魂
至高无上的教皇啊
多么显赫的权贵
足以招来
全世界的贪婪和野心
伟大的保罗啊
上帝都在为你担心

第七章 浣花惊鸟

一树白鹭迎风开

半池春水对柳眠

浣花溪·公园

南风知时轻轻起，
溪水无意静静流。
曲径朝露花木盛，
长堤春晓岸柳浓。
客家笼鸟声声唱，
辞春玉兰款款落。
廊桥如月无旧梦，
美石铺路有九歌。

游客熙攘歌且舞，
草堂古舍静亦幽。
飞鸟翔集绕镜湖，
锦鲤沉浮逐轻波。
万类自古本无忧，
千古诗人独自愁。
吟罢日暮人西行，
春水无限向东流。

浣花溪·迎春花

十里花开两岸黄，
溪水如镜映春光。
料得古人有今日，
载歌载舞载流觞。

浣花溪·赏春

浣花邻里诗圣旁，
游客如织来四方。
无须近水有楼台，
一样揽景入画中。

浣花溪·惜春

迎春开过桃花开，
春意款款次第来。
莫愁春色甜如蜜，
转眼落花流水东。

四季歌·春

花间一杯茶，
对饮两片云。
浮生三首诗，
聊酬四季情。

四季歌·金秋

左邻丹桂香，
右舍白果黄。
前门迎远客，
后院煮酒忙。
酒酣剥桂子，
空杯对夕阳。

四季歌·秋华

中秋过后桂又香，
芙蓉菊花伴秋霜。
道是深秋好时节，
群芳不争蝶自忙。

浣花遇雨

夹道翠竹肆意生，
雨中病夫蹒跚行。
莫道明日生与死，
且话眼下雨与晴。

浣花惊鸟

一树白鹭迎风开，
半池春水对柳眠。
忽然水边人乍起，
漫天飞鸟雪飞来。

第八章　千禧年

是千年的冷月

映照着这个远去的民族

樱花·茶

三千里扶桑樱花如雪
三千里扶桑樱花如雨
三千里樱花优雅地谢幕
死去
原来也有如此迷人的景致

五千年清茶如水
五千年清茶如药
五千年的茶水冲淡了
多少沧桑和眼泪

却冲不掉

一个亘古不变的意念

活着

来碗盖碗茶吧

在落英缤纷的

樱花树下……

千禧年

分明只过了一天
却了却了一个世纪
一个沉淀了太多的苦难与伤痛
沉淀了太多的繁荣与创造的世纪
一个再多的语言也无法描述
再多的决算也无法清算的世纪啊
走了　走了
永不回头

这真是一个拥挤的世界
连进入时间也分期分批
黄皮肤在旧世纪等待
蓝眼睛在新世纪欢呼
载歌载舞的黑妹啊
你是在为新世纪舞蹈
还是
在为旧世纪挽歌

裹着旧时代的风尘
刻着旧世纪的烙印
脏兮兮地来到
这如婴儿　如处女
如朝阳　如初春般的世纪
不会将她污染了吗
凭着六十亿个担心

有幸跨越世纪的人们
不就是时间的选民吗
可曾像上帝的选民一样
对着时间膜拜顶礼

三星堆随想曲

在我最近最近的乡土
埋藏着一个最远最远的谜
一座装甲似的城堡
守护着一个千年的梦
三星堆　在一个酷热的夏日
我姗姗来迟
当青铜人　三千年不变的目光
与我对视
当通天神树指向
不知去向的天际

当金石玉器炫耀着

不可思议的技艺

迟到的我哟

连续遭遇了穿透心灵的震惊

三千年啊

多少金戈铁马

多少歌舞升平

多少王子王孙

多少冤魂野鬼

都随灰飞烟去

而你却留下了

留在永恒的谜底里

没有文字记载的历史

是幸运的历史

没有史家的造访
没有王权的光临
像人迹罕至的雪原
美丽　纯洁又神秘

我们只知道
在一次次神秘的祭祀后
我们的先祖留下了一种
强烈的宗教情怀
一大批魅力四射的艺术珍品
还有一个
灵魂不死的传说
当然　还有火锅与酒……

在宗教与神话失传的今天
火锅与酒
是川人最忠实的相守
相约三千年
让每一位赴约的后人
用心灵去解读这段
神秘的历史吧
啖着又麻又辣的火锅
喝着又香又醇的川酒

走出遥远的梦
五分钟
回到日益衰老的家
家乡是那样的熟悉
而又陌生

西夏王陵

拖着疲沓的脚步
走进尘封千年的历史
带着假惺惺的悲悯
聆听种族灭绝的故事
西夏王陵
百年千载的威仪
只留下
暮色苍茫中
一座座荒凉的土堆
是千年的黄沙

掩埋了蒙古大军的血腥

是千年的长风

吹灭了西夏文明的神灯

是千年的冷月

映照着这个远去的民族

……

这些都过去了

我的眼前

是荒漠中的花草

格外的娇艳

我的头上

是辽阔的天空

笼罩四野

我的身后

有一只可怜的烤全羊

正散发着诱人的香味

和无声的悲泣

夜越来越黑

酒越来越烈

忘却岁月的

不仅仅是岁月

选择坚强

用一千支大笔
写一万遍坚强
让普天之下的姐妹
不再悲伤
用一千支大笔
写一万遍坚强
让普天之下的兄弟
不再幻想

用五千年的长风

吹平百年的沧桑

用十亿根动脉

接通十亿颗心脏

华夏的天空不再悲伤

华夏的天空不再幻想

华夏的天空云开月朗

瞿秋白之死

唱着《国际歌》

夹着纸烟

散步似的走向

生命的终点

那四十分钟的山路

应该很快走完

不知为什么

一个戴着眼镜

穿着白衬衣的书生

却从此在我心中

走个没完

我害怕了

一个懦弱的内心

如何寄存英雄的魂灵

快出来吧

真的猛士

会在后面

亦步亦趋……

长 征

在神话的废墟上

长征

依然是一个

不朽的神话

八十年前

十万雄兵横穿中国

两万余生命系陕北

浪漫诗人高唱

苍山如海

残阳如血

我收藏着这段

红色的神话

为雪山　为草地

为金沙水拍

为大渡桥横

为望断南飞雁的忧思

为雄关漫道上

二十岁的将军

十二岁的战士

年青的血永不褪色

第九章　岁月

在一切灾难和困苦面前
我应和着挑战者的歌唱

打　水*

朝雨蒙蒙飘山崖
教员打水石板滑
三步一摇回屋去
满桶打来半桶洒

*注：一九八九年于剑阁山顶一职业中学支教，一日三餐自理。

芭　茅

婚姻是爱情的坟墓
爱魂是坟上的芭茅
这种充满诗意的植物
在冷冷的月光下招摇
据说
现代人用水泥做墓
那芭茅也没有了

川北之夜*

夜
川北苦涩的长夜
雪
漫天的精灵啊
飞舞在夜的丛莽
寒灯在孤寂里
西风在狂躁中
古老的雄关

*注：一九八九年于剑阁职业中学，仿贺敬之《西北之夜》而作。

苍茫的黑幕

寒夜病重叹孤独

炉火烧尽了冬日的哀愁

而我的心中哟

依然汹涌着苍凉的洪流

岁　月

激情把岁月浓缩成一瓶
销魂的烈酒
岁月把激情稀释成一壶
寡淡的白水
我不知道它们
谁是真实
谁是荒谬
只好
照单全收

月　光

柔情

来自对月光无穷的遐想

迷恋

是因为远离真相

如果有一天

终于登月

如何面对满目的荒凉

我坐在上帝的门槛沉思

眺望

那无比温柔的夜空中

依然美丽着的月光

夏　雨

我以为　苍天已老
欲哭无泪
我以为　太阳高烧
永远不退
然而
在夜的掩护下
在寂静的睡梦中

暴雨

像春情冲动的少女

向着裸露的大地投奔……

把空调关上吧

这清凉的赝品

让原装的清风

从窗口来到床上

来到梦中

无　题（一）

天空没有翅膀的痕迹
而我已飞过了
高山没有流水的回音
而我已爱过了
大地没有远行的路标
而我已走过了
荒漠没有生命的位置
而我却存在着

无　题（二）

伟大的思想回到空中

高贵的灵魂埋在心中

人世间最珍贵的礼品

都不批发

而是一对一地赠送

点亮西窗的蜡烛

吹响别离的笙箫

黑夜的故事

天亮结束

为什么

为什么总是
在枝繁叶茂的夏季
才想起白雪中
那几株稀疏的梅影
为什么总是
在姹紫嫣红的春园
才想起那几片
淡黄淡白
略带病态的花蕊

为什么总是

要等到

夏日的浓荫

春日的浓情

离我们远去远去　再远去

才被我们

深情地想起

也许是

也许是远离了领路的头羊
我习惯了这独行者的迷茫
也许是风暴总不带半点怜惜的心肠
我养成了不怕折断翅膀的轻狂
也许是逃不出这莽原的荒凉
我爱上了这热土上顽强的生长
也许是总看不到希望的光亮
我渐渐忘记了绝望中的彷徨

也许是牺牲者的鲜血
并不都能流进英雄的天堂
它们却涌进了我荒凉的心房
也许正是这些高贵的血统
拯救了我摇摇晃晃的信仰
在一切灾难和困苦面前
我应和着挑战者的歌唱

明星饭店
——致童祥苓*

热血

为气冲霄汉的英雄燃烧

泪水

为白发稀疏的洗碗工

涨潮

你倾情塑造的别人

*注：童祥苓，1935年出生于江西南昌，自幼酷爱京剧，8岁学戏。擅演剧目有《龙凤呈祥》《群英会》及现代京剧《智取威虎山》等。童祥苓因《智取威虎山》中杨子荣一角而大红大紫，但也因此而受到牵连。

终不如

岁月塑造的你

我不想再流浪了

那份无家可归的情感

今夜

就在童老的小饭馆

靠岸

拿酒来吧　童老

我想和你

喝他个千杯万盏

再把那打碎的破碗

洗他个千遍万遍

爱　魂

给我一座泰姬陵

让我收藏你的爱情

给我长城一万里

让我挡住孟姜女的哭泣

爱是昂贵的礼品

纵然死去

也应该有隆重的葬礼

夜，下着雨

隐隐地

有薰衣草在叹息

叹息情感的试剂

出了问题

幸福的颜色

全部变成了抑郁

夜，下起了雨

我不敢窥探上帝的秘密

只好向泰老

借几句诗句

关于爱，死亡和忧郁

夜，下起了雨

给我一座泰姬陵

让我收藏你的爱情

给我长城一万里

让六月的雪花

铺天盖地

罂粟花

在那遥远的地方
罂粟花在怒放
那童话般的美丽
令人神往

在那不远的地方
海洛因在疯狂
那吸人骨髓的恶魔
正在吞噬着迷途的羔羊

我站在羊圈外眺望

万劫不复的地狱

看上去又像

迷人的天堂

在那遥远的地方

罂粟花在歌唱

夜半歌声

无论怎样的演唱会
无论怎样的高保真
都不如
那夜半歌声
不知何处飘来
也不知何时飘去
偶然于耳
长久于心
钟情的感觉
大抵如此

时钟的困惑

我一动不动地挂在墙上
却成了流失的象征
我踩着不变的步伐
却总是在瞬息不变的世上
踏上深深的脚印

懒　人

我是一个懒人
一个百无一用的懒人
我全部的本事
就是放弃
躲避无穷无尽的失望
和伤心
有一种享受
就是躺在地板上
像条死蛇

偶尔背对天花板

是不想看见那只讨厌的蜘蛛

在锲而不舍地

织网

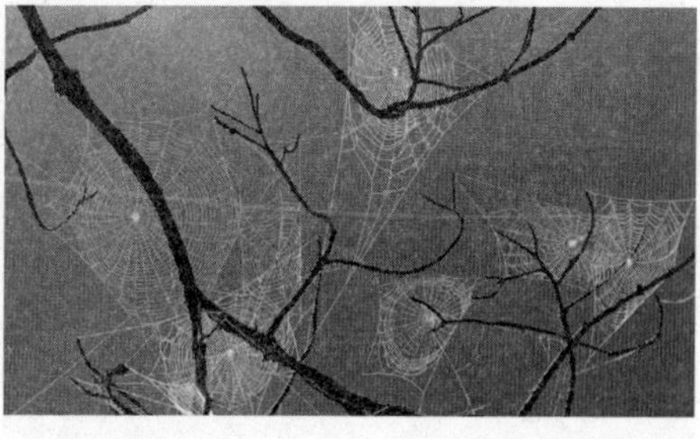

减肥广告

岁月一天天
将我埋藏
用的不是黄土
而是脂肪

衰 老

看着自己日渐臃肿的身体

听着自己日渐低沉的声音

青春的步伐已离我远去

我询问内心

是投降

还是抗拒

内心沉默不语

自　我

我之前没有我

我之后也没有我

我们行于世上

却总是

从我到我

飞行员的遗嘱

我死后

请将我火化

也许

那袅袅上升的青烟

能够把我

送上蓝天

永不着陆

诗意的信仰

有太多的愿望
沦为空想
有太多的心灵
总是逃荒
有太多的激情
未老先衰
有太多的生命
总是迷茫
这是一个什么样
的世界啊
到哪里去找
诗意的信仰

后　记

承蒙多方的鼓励和支持，我那长年累月写给抽屉的诗文，终于结集成书，交付出版了。

这本抛砖引玉之作，不管她最终能抛出多少砖，引出多少玉，她的成书过程都勾起了我深深地感激之情。

首先要感谢的是我的朋友，没有朋友的鼓励、支持和关爱，我那散落在抽屉的文字，一定会随着时间的流逝，消失得无影无踪。

其次，要感谢四川文艺出版社的大力支持，是出版社同仁的辛勤劳动，让我的作品得到了不小的规范和提升。

第三，要感谢石以、晓峰、跃明、李毅等几位摄影达人，为我提供了数十幅精美的摄影，为我的诗集增色不少。

最后，我要郑重地致谢吉狄马加主席，感谢他在百忙中抽出时间，为我这个非诗人的作品作序。我想，他是希望千万个像我一样的作者，能够拿起笔来，为诗歌的繁荣和传承添砖加瓦。

成都的冬天很温暖，盛开的蜡梅花更是沁人心脾，只是，明年的春天，我再也看不到美丽的迎春花盛开在浣花溪两岸了，因为她们已被干净彻底地铲除了。那十里花开两岸黄的美景，也在我的记忆中渐行渐远。

至美易逝，所以，我们还是应该写点什么。

2017年12月25日于浣花溪畔

图书在版编目（CIP）数据

时光的背影 / 李旭著. — 2版. — 成都：四川文艺出版社，2019.4

ISBN 978-7-5411-5356-3

Ⅰ. ①时… Ⅱ. ①李… Ⅲ. ①诗集–中国–当代
Ⅳ. ①I227

中国版本图书馆CIP数据核字（2019）第047057号

SHIGUANG DE BEIYING

时光的背影

李 旭 著

责任编辑 程 川 奉学勤
封面设计 叶 茂
内文设计 经典记忆
责任校对 蓝 海

出版发行 四川文艺出版社（成都市槐树街2号）
网 址 www.scwys.com
电 话 028-86259285（发行部） 028-86259303（编辑部）
传 真 028-86259306

邮购地址 成都市槐树街2号四川文艺出版社邮购部 610031
印 刷 三河市华东印刷有限公司
成品尺寸 130mm × 180mm 开 本 32开
印 张 7.25 字 数 150千
版 次 2019年4月第二版 印 次 2021年4月第三次印刷
书 号 ISBN 978-7-5411-5356-3
定 价 48.00元